KB273210

내 여자의 집

박장순
지음

내 여자의 집

좋은땅

내 아버지는 황소고집의 소유자이시다.

코뚜레에 피가 묻어나도록 고삐를 끌어도 여간해서는 방향을 바꿀 수 없다.

생각해 보면 좋은 점, 안 좋은 점이 반반이다.

6년 전의 일이 머릿속에 생생하다.

하루도 못 잊어 하시던 소주 5병 담배 2갑, 지독한 고독에 시달리며 황소고집도 어쩌지 못하고 자포자기해 비굴하게 생을 포기하는 듯 망설이고 있을 때

"아빠. 끊다가 못 끊으면 말지요 뭐!"

딸로서 한마디 했다.

"그래 그렇다. 못 끊으면 말지 뭐. 창피하고 자존심도 상하고 절망스럽기도 하겠지만" 하시며 나의 아버지 황소고집이 뿔을 뽐내며 빛나기 시작했다.

3년 동안 풍찬노숙 백두대간 고행길. 또 3년 동안 헬스장 가기, 시 창작 학교 4곳 입학해 수업하기 모두 황소고집이 승리했다.

아버지 머리에 솟아난 뿔 두 개가 똥고집으로 빛났다.

딸이 네 번째의 시집 출간을 축하드리며

칠순 날 2019년 3월 21일 새벽 5시, 숙식 가능한 배낭을 지고 40년 외길만 걷던, 주방장 직책으로 가족들 먹여 살리던 장원매운탕 가게를 버리고 몸이 집을 나왔다.

하루도 못 잊어 본 소주 5병 담배 2갑, 지독한 고독 삼독을 동아줄로 꽁꽁 묶어 창고에 가둬 두고 3년 동안 백두대간 풍찬노숙 하며 삶의 고행길을 걸었다.

삼무자(三無者)인 나도 똥고집 하나는 있다.

똥고집이 승리하고 삼독을 무찔렀다. 노예에서 해방이 되었다.

또다시 3년 동안 시를 읽고 헬스장 가서 피나는 성과열을 쏟았다.

성과는 좋았다.

육체의 근육을 만들어 시니어 모델로 참가할 예정이고 정신의 근육으로 시집 4권을 출간한다.

내 제2의 인생 칠순의 중반을 넘어 팔순이 다가온다.

나는 팔순이 되어도 청춘으로 살리라 맹세하고

　　모든 단도리를 하며 내 최고의 보배 똥고집을 한
번 더 피워 본다.
　　내 생애 가장 빛나는 일이다.

2026년 1월

서울 화곡에서

차례

추천 글 ⋯⋯⋯⋯⋯⋯⋯⋯⋯⋯⋯⋯⋯⋯⋯⋯ 4

시인의 말 ⋯⋯⋯⋯⋯⋯⋯⋯⋯⋯⋯⋯⋯⋯⋯ 6

제1부

마음의 집 ⋯⋯⋯⋯⋯⋯⋯⋯⋯⋯⋯⋯⋯⋯ 16

나의 길 ⋯⋯⋯⋯⋯⋯⋯⋯⋯⋯⋯⋯⋯⋯⋯⋯ 17

내 여자의 집 ⋯⋯⋯⋯⋯⋯⋯⋯⋯⋯⋯⋯⋯ 18

이별과 아내 ⋯⋯⋯⋯⋯⋯⋯⋯⋯⋯⋯⋯⋯ 20

첫사랑 ⋯⋯⋯⋯⋯⋯⋯⋯⋯⋯⋯⋯⋯⋯⋯⋯ 22

호순이 호돌이 할아버지 ⋯⋯⋯⋯⋯⋯ 24

빈 주먹 ⋯⋯⋯⋯⋯⋯⋯⋯⋯⋯⋯⋯⋯⋯⋯⋯ 25

멜가방에 업힌 손녀 ⋯⋯⋯⋯⋯⋯⋯⋯⋯ 26

오늘과 내일의 다툼 ⋯⋯⋯⋯⋯⋯⋯⋯⋯ 28

침묵의 도시 ⋯⋯⋯⋯⋯⋯⋯⋯⋯⋯⋯⋯⋯ 30

기억의 흔적 ⋯⋯⋯⋯⋯⋯⋯⋯⋯⋯⋯⋯⋯ 31

낙엽의 여정 ⋯⋯⋯⋯⋯⋯⋯⋯⋯⋯⋯⋯⋯ 32

요양보호사 ⋯⋯⋯⋯⋯⋯⋯⋯⋯⋯⋯⋯⋯ 34

보석 같은 말 ⋯⋯⋯⋯⋯⋯⋯⋯⋯⋯⋯⋯⋯ 36

제2부

야속한 것들 38

얼마나 미웠으면 40

바다에 살자 42

구름으로 살자 43

겨울 44

벗나무 45

작은 새 1 46

작은 새 2 48

마음의 화분 49

장마 50

그리운 사람 51

무관심보다는 좋다 52

낡은 배 54

눈물이란 55

오늘이 내 인생의 봄날이다 58

제3부

집 한 채를 샀다 ……………………………… 62

산촌에 살았다 ………………………………… 65

강촌에 살았다 ………………………………… 68

산그늘을 바라본다 …………………………… 70

아버지 제삿날 ………………………………… 72

아버지가 보고 싶다 1 ………………………… 76

아버지가 보고 싶다 2 ………………………… 78

당산나무에게 가 한마디 물어보자 ………… 79

아버지 점심밥 ………………………………… 82

아버지의 등짝 ………………………………… 84

어머니 1 ……………………………………… 86

어머니 2 ……………………………………… 88

집에 가고 싶다 ……………………………… 90

잃어버린 고향 백천리 월명 ………………… 92

백천리 월명 …………………………………… 94

제4부

내 고향 시월	98
힘내자 산청	100
내 고향 동생 산청이 운다	102
함양 산청 고향 집	105
고향 1	106
물레방아 돈다	108
선조님은 물을 사랑했다	110
산청의 몸부림	112
고향 가자	114
어려운 여정이다	116
산청은 담쟁이로 살자	118
들꽃 한 송이	120
고향 2	121
상처 난 산청이여	122
인덕만리	124

제5부

죽어서 가죽을 남기고 싶다 ┄┄┄┄┄ 126

철부지 비 ┄┄┄┄┄ 128

철쭉도 나도 ┄┄┄┄┄ 130

사인펜 ┄┄┄┄┄ 131

우장산 아침 산책 ┄┄┄┄┄ 132

승냥이 ┄┄┄┄┄ 133

곡선이고 싶다 ┄┄┄┄┄ 134

경부선 ┄┄┄┄┄ 136

짐 자전거 ┄┄┄┄┄ 138

세상에서 가장 아름다운 것 ┄┄┄┄┄ 140

나는 아직 청춘이고 싶다 ┄┄┄┄┄ 142

호박 ┄┄┄┄┄ 144

강서 시 낭송 아카데미 ┄┄┄┄┄ 146

아무것도 없는 11월 ┄┄┄┄┄ 148

잘못 쓴 사과 편지 ┄┄┄┄┄ 150

제6부

행복한 사람들 ·············· 154

축복의 4월 ·············· 157

시가 살고 있는 고찰 ·············· 160

고통이란 무엇일까? ·············· 162

제일 가기 싫은 곳 ·············· 164

물컵 ·············· 166

바다는 글벗이다 ·············· 168

나는 햇볕이 좋다 ·············· 170

간직하고 싶은 기억의 흔적 ·············· 172

일상의 힘 ·············· 174

생의 끝자락에서 ·············· 177

한번 해병은 영원한 해병이다 ·············· 180

서러운 몸은 말이 없다 ·············· 182

내 생애 가장 잘못한 일 ·············· 183

제1부

마음의 집

내 마음의 집에는
아름다움과 미움이
친한 친구가 되어 살면서
어느 누구도 서로를 불신하지 않는다

내가
마음속 미움과 아름다움을
제멋대로 불러내어
사는 동안

아름다운 사람도
미운 사람도 된다

나의 길

초겨울날
팔순의 강을 건너려
바짓단 걷어 올린다

차가움이
몸서리 치며 주저하지만
스스로 격려하며 일어선다

나는 승냥이가 아닌 호랑이로 태어난 운명
마음껏 울부짖으며 뭇 짐승들 덮어 주는
시의 가죽을 남기고 싶다

오늘도 나는
시 언어를 외쳐 본다

내 여자의 집

겨울이 오면
흰 눈송이 제멋대로 흩날려 내려 앉은
나지막한 초가집
해 지고 달 떠오른 동편 산기슭에
흰 눈 덮여 쪼그려 앉은 오두막집
가슴 아리게 그리웁고
잊을 수 없이 사랑스러운 집

모진 삶 타향살이 시달리다
고향 찾아 언덕길 오르는 밤에
깜박깜박 반갑다고 손 흔들며
제일 먼저 반겨 주던 정다운 집

따스한 호롱불 방 안에 앉아
바느질하는
여자의 손과 눈빛과 미소 속에
내 멍든 몸 부서진 마음이 포근히 안기는

덧없던 세월 가 버린 젊음
아늑하게 감싸 주는
내 여자의 집

이별과 아내

인생은 이별의 연속인가 최후의 이별은 죽음일지도
옛적엔 내 곁에도 제법 많은 사람이 있었지
내가 먼저 등을 보이기도 했고
무심하게 흘러가 버리기도 했지
나를 미워해 떠나가 버린 무정함도
늙은 새가 되어 날아가 버린 뼈저림도 있었지
배고파 수저 들고 밥상 찾아간 피붙이도 있었고
잃고 떠나고 잊힌 수많은 그리운 사람들
목말라 고개 돌려 보지만 갈증은 심해지고
허름한 내 마음 한구석에 쪼그려 앉은 애달픈 여자
미워하고 원망하며 떠나가 버릴 수도 있었을 텐데
애처로운 눈빛으로 지금까지 기다려 준
단 한 번도 나를 떠난 적이 없는 감사한 여자
덧없는 세월 가 버린 젊음
내 비록 늙어 무뎌진 사랑이지만
이 생명 다할 때까지 결코 잊을 수 없는
끝끝내 지켜 주고 싶은 사랑하는 여자

내 초라한 마음 한 켠에 안쓰럽게 앉아 있다

첫사랑

자전거가 흔들리며 논둑길 나아간다
뒷자리에 앉은 소녀 앙상한 엉덩이가 아프다
많이 아파? 아니
많이 아프면 아프다고 말해! 조금밖에 안 아파!

오늘이 나흘째 소년이 잡아 주지 않아도
손잡이가 흔들리며 소녀의 자전거는 잘 나간다
소년의 고함소리가 점점 멀어지고
여름날 비포장도로를 소년이 헉헉거리며 달려온다

집으로 돌아오는 논둑길 볕이 뜨겁다
트럭 한 대가 뒤에서 쫓아오며 경적을 울린다
소년이 난감하다 길 바깥쪽은 깊은 논두렁이다
꽉 잡아. 조심해. 걱정 마!
트럭이 간신히 비켜갔다 소년이 한숨을 쉰다

그때 가시나무에 소녀의 발등이 찍히고 피가
솟구치고 입술을 물고 아픔을 참는 것을 소년은 모른다
소녀가 그만 가자고 했다
자전거가 멈추고 발등의 피를 본다
소년은 금방이라도 울음을 터뜨릴 것 같다

며칠 뒤 소녀는 마을을 떠났다
그 뒤로 다시는 소년을 만나지 못했다
칠십일곱살이 되던 가을
여자는 발을 씻다가 손을 멈춘다

호순이 호돌이 할아버지

멜가방에 업힌 호순이 호돌이 인형
엄마 아빠가 없어서
내가 굽은 등에 업고 시 학교에 다닌다

멜가방에 업힌 내 소중한 인형을
이상한 눈으로 쳐다보는 사람이 있다

그렇든 말든
인형을 매달고 다니는 것도
내 마음

손자 손녀가 없는 나
비록 굽은 등이지만 호돌이 호순이 인형
손자 손녀 같이 업고 다닌다

빈 주먹

선명한 추억을 파도가 끌고 와
쌓아 놓은 백사장

구부러진 기억을 움켜쥔
주름진 손아귀

궁금증만 남기고
흐르다가 멈추고 멈추다가 흘러 버린
흔적 없는 기억

더 갈 곳 없는 끄트머리에서
처연하게 울고 있는
시퍼런 파도

빈 주먹은
노을 속 수평선만 바라보고
까닭 모를 눈물만 흘린다

멜가방에 업힌 손녀

아이가 어른이 되어 가는 길은
소중히 여기던 작은 삶의 배를 버리고
큰 배로 바꾸어 타는 과정이다

인형 하나 가지고 놀며
더듬더듬 노 젓던 어린 시절
배 안 고파 아픈 덴 없어 미안해
꿈꾸며 속삭였던 사랑스런 말들

작은 것은 무시해 버리고 큰 것만 갈망하는
화합이 사라져 가는 세상
단절된 대화
삭막한 세계를 순화시키려

멜가방에 호랑이 인형 달아 업고
사거리에서 지하철에서
한 사람의 눈이라도 즐겁게 해 줄

제1부

사소한 나눔의 소통을 원한다

오늘과 내일의 다툼

자정이 다가오는 늦은 밤
2025 오늘과 2026 내일이
365라는 엄청난 자리를 두고
큰 다툼이 벌어졌다

빨리 일어서라는 내일의 꾸지람
아직 시간이 남았다는
오늘의 머뭇거림

나는 어쩌지 못하고 팔짱을 꼈다
마음속은 오늘을 응원하지만
그래도 어쩔 수 없다

오늘보다는 내일이
엄청 크고 힘이 세니까

어쩔 수 없이

나도 오늘과 함께
어제 속으로 걸어가겠구나

침묵의 도시

날씨가
삐딱하게 돌아 앉은
여인의 눈빛보다 차갑다

높게만 솟은
잿빛 괴물들 사이로
반란군 같은 바람이 스치고

아스팔트 길을
몸서리 치며 내달리는 바람
그림자 몇이 고개 숙이고 떠다닌다

미소가 없고
인정도 메마른 고독이 얼어붙은
침묵의 도시
잿빛 그림자 얼쩡거린다

기억의 흔적

구부러진 손가락 사이에 쥐어진
기억 조각

하루에도 몇 번씩
잊었다 또 꺼낸다

망각이 들어와 앉을 자리를 없애기 위해
꺼내서 또 외운다

앉을 자리가 없다면 서 있어도 좋다며
무시로 찾아오는 흐릿한
기억의 흔적

낙엽의 여정

스산한 바람이 거리를 가득 채우니
자신을 불살랐던 단풍도
조락의 길로 떠날 때임을 안다

떨어짐은
자신의 몫일 뿐
누구도 어쩔 수 없다

빈손으로 와 빈손으로 가는
나그네 길이며
벌거숭이 삶이다

태어나 살다가
낙엽으로 지는
허망한 여정

산장의 뜰에서

고독과 허무를 짓씹으며
홀로 살다 가는 것뿐이다

요양보호사

오늘도 그녀가 다녀갔다

내 청춘 어디 가고 늙음만 남아
어느덧 황혼 속으로 끌려갔다
청결과 다정을 주고 간 그녀는
동백꽃 향취만 남기고 갔다

떠난 자리가 허전하다
기다림이 갈증으로 목말랐는데
그녀의 다정한 미소와 목소리로
고독하고 허전한 마음 녹여 주었는데

내 주름진 얼굴이
풀 먹인 광목에 숯불다리미 지나간
자리보다 매끄러웠는데
언제 또 오나 기다려진다

그녀가 그리운 것도

갈증 난 마음 빈 공간을 채워 주기 때문이다

나도 한번은 날개를 달고

고독한 사람을 찾아

천사가 되어 날아가고 싶어진다

보석 같은 말

나라의 대표가
미안하다는 역기 바벨을 붙들고
용을 써도 꿈쩍 않고

시인이 시 쓰며 걷다가
미안하다는 돌부리 단어에
걸려 넘어져 부끄러워한다

나도 혼자 있을 땐 미안하다는 말
입속 들랑거리는 밥숟갈 같았는데
그 사람 앞에만 서면
자존심이 붙들고 놓아주지 않는 말

입에서 튀어나와
상대편 귓속으로 들어갈 수 있다면
보석으로 변하는 말

제2부

야속한 것들

연분홍 꽃잎 한 장
물결에 실려
외롭게 흘러간다

내 마음도 세월에 업혀
정처 없이 실려 가고

사랑도 생도
꽃잎처럼 흘러가며 굽이쳐 온
세월을 뒤돌아 본다

당신이 가장 소중한 사람인 걸
나이 들어 알았을 땐
속울음 삼키며
연분홍 꽃잎 한 장
한 생이 덧없이 흘러간다

아무리 불러도 대답 없는

야속한 것들아

보낼 것 다 보내고

그리워해도 뉘우쳐도 이미 늦었구나

얼마나 미웠으면

여자는 떠났다
차가운 바람이 웅크리고 앉아 노려보는
어두운 복도를 지나
아직 이웃의 고달픈 삶들이 모두 잠들어 있을 때다

바깥은 몹시 추울 것이다
따뜻한 온돌방. 싸늘히 식은 커피잔
무수히 밑줄 쳐 놓은 책들
뒤척이는 밤들을 두고 현관을 나섰다

구둣발에 추위와 슬픔이 밟히고
두려움과 후회가 함께 따라온다
머리칼이 허공에서 물고기처럼 헤엄치고
어둠이 찬바람과 함께 목구멍으로 삼켜진다
낡은 무명 목도리가 바람에 흩날리고
야윈 몸뚱이가 점점이 흔적도 없어진다

남자도 모든 것 팽개치고 신발끈 불끈 동여맸다
굽은 등에 짊어진 삶의 배낭
새벽을 향해 걸어갔다

바다에 살자

너와 나와 우리들
물이 되어 흐르자

거짓 다 씻은 착한 물이 되어
고개 숙이고 더 깊이 숙이고
몸 낮추고 더 낮게 낮추어

산 굽이 돌아 풀뿌리 목 축여 주고
옹달샘 만들어 온갖 생명 키우며
도랑 길 만들어 사랑 노래 불러 주자

기뻐서 출렁거리며 흘러
은빛 희망이 춤추는 바다에 살자

구름으로 살자

하늘 가득 바람이 사는 넓은 세상
바람이 가리키는 곳으로 날고
바람이 시키는 대로 살자

같이 흘러도 뭉치지 말고 각자의
모습으로 흘러 여러 모양 그림 그려
보는 이 마음 즐겁게 해 주자

언제나 한결같은 마음으로
기쁨은 나눠 주고 슬픔은 받아 안고
사랑 노래 불러 주자

예쁜 얼굴 웃음 지어
지상 만물에게
구름의 영혼 보여 주자

겨울

무쇠난로에서 장작이 벌겋게 타고
창밖에는 목화송이 만한 눈이
하염없이 쏟아졌다

콧물 훌쩍이는 여자애와 짝이 되어 공부하던
국민학교 1학년 교실
구멍 난 양말에 발가락이 나와 부끄럼을 탔다

공부는 하는 둥 마는 둥
집에 갈 일이 걱정이었다
눈이 무릎까지 빠지는 논둑 길
발이 시린 검정 고무신

추위가 발가락을 잘라 내는 듯하고
나는 두 번이나 넘어졌다
엄마를 부르며
엉엉 울어 버린 적이 있었다

내 여자의 집

벚나무

지하철 3호선
주엽역 5번 출구에 서 있는 벚나무는
이제 내 친구와 같다

제법 나이 먹고 지하철 세 번 갈아타고
시 배우러 오는 나를 알아보고 반긴다

반년 전에는 삐쩍 마른 손가락으로 반기더니
오늘은 파란 햇살을 한 움큼 쥔 손을 팔랑거린다

때로는 서걱거리는 몸짓으로
팔랑거리는 손짓으로 울고 웃으며
시상을 가르쳐 주는 너는 내 글벗이다

오늘은 네가 알려 준 시상을
한 줄 보태어
시를 써 봐야겠다

작은 새 1

내 여자의 집

작은 새가
잎 다 떨군 나뭇가지에 앉아
생각에 잠겨 있다

보란 듯이 촐랑거리며
허공을 날아도
햇볕과 바람은 무관심이고

존재감 보이려 울부짖으며
나뭇가지 사이를 들락거려도
같이 나는 새조차도 본체만체다

지친 새
날기를 포기하고
썩어 가는 고독한 나뭇가지에 앉아 있다

작은 새

이것이 내 일생인가
깊은 생각에 잠긴 새

작은 새 2

회색 빌딩이
키 큰 나무숲처럼
촘촘히 서 있는 아파트 단지

높다란 빌딩 우듬지에 앉아
상처 나 꺾인 날개
아직 아물지 않아

날아갈 수 없는
고향 지리산 자락
함양 산청을 그리워한다

살아온 아픔이 살아갈 아픔이 되기를 바라는
시름이 깊은 작은 새

마음의 화분

제2부

나는 조용히 울고 있다
잊히고 버림받고 살다 보니
목이 마르고 햇볕이 간절하고 온기가 그립다

손길을 애타게 기다리며
스스로는 어쩌지 못하는 속마음으로
시들어 버릴 수밖에 없는

마음이 가난하고
정이 그리운 한 사람의
마음속에 살고 있는 작은 화분이다

누구나 마음속에 화분 하나씩 돌보며
서로의 마음을 열고 꽃이 필 수 있도록
소통을 갈망하며 살아간다

장마

비가 자주 오네
온통 비의 세상이 되겠다

그때를 대비해
적적함을 밀어내는 몇 편의 시와
마음을 맑게 해 줄 책과
국민학교 동창생 연락처
따듯한 커피를 준비해 두어야지

방실거리는 꽃들도 찍어
핸드폰에 담아 두었다가
비가 지긋지긋해질 때
꺼내 봐야지

하늘을 무심히 흐르며
시시각각 모양을 바꾸는 구름을 바라보네

그리운 사람

구슬피 우는 뱃고동 소리에
핏빛 동백꽃이 잠에서 깨어난다

동박새 등에 업혀 오는
그리운 사람은 아직 오지 않았는데

내 멍든 가슴을 잡아 끌며
찬바람이 우리는 떠나자 서두른다

해마다 그랬어
그리운 사람은 너무 멀리서 온다

무관심보다는 좋다

푸른 하늘에
스러져 가는 구름 한 덩이
느릿느릿 걸어간다

같이 자란 구름들
명예와 돈 따라서
빠른 바람 타고 가 버리고

형제 산들 발돋움하고
서 있는 길 따라
시적거리며 가는 구름을 보고

산들이 낄낄거리며
멍청하고 불쌍한 구름이다
혼자라서 외롭겠다 놀려 댄다

눈물로 흘러내리는 구름이

한마디 한다
무관심보다는 좋다

낡은 배

아파트 건물 모퉁이에 매어진
낡은 배 한 척
날마다 노를 저어
그리움 찾아가려고 발버둥친다

어쩌다 고독에 뒤집힐 때도 있다
평온한 날이 오면
허공을 향해 멀리 노 저어 나가

견우와 직녀가 되는
시를 지어서
노래 불러 주려고 희망한다

살아온 희망이 살아갈 희망이 되겠지
살아가다 보면
많은 희망이 기다리고 있겠다

내 여자의 집

눈물이란

어머니란 시를 쓰고 읽어 보다
돋보기 알에 눈물 한 방울 떨어진다
이 한 방울 눈물의 의미가 궁금하다
눈물은 고등 생물에게 주어진 보석인데
글이 부족해 부끄럽다는 말인가
애틋한 그리움의 정인가
나이 든 남자 눈물이 많아져서인가
모진 삶 피나는 노력에도
별로 이루지 못한 안타까움인가
인디언들은 눈물 없는 자의 영혼에는 무지개도
뜨지 않는다고 책에서 말한다
그럼 내 각지고 모난 성격도
세월의 풍파에 깎이고 쓸린
조약돌이 무지개로 뜬다는 말인가

내가 쓴 어머니 시의 내용에 이런 말들이 있다
얼마나 질긴 정이기에 끊지 못하고 몸부림치다

가셨나
천지가 온통 슬픔 뿐인 요양병원 면회 가는 날
우두커니가 되어 숨만 쉬는
통나무 식물인간으로 살고 있다
오래 살게 해 준다는데 싫어하는
천하에 불효막심한 놈
어머니 없이 살아온 나 울컥 눈물이 외로운 삶의 길을
가로막아 선다

모든 것이 눈물의 원천이 되지만 가장 큰 원인은
식물인간으로 한 많은 삶 살다
작은 새 되어 날아갈 때
무슨 생각을 했을까?
눈물도 언어다 내가 하고 싶은 절실한 갈망이다
진심을. 기막힌 속내를. 마음의 정화. 타인에 대한 배
려 등

 내 여자의 집

울어라 큰 소리로 마음이 안정을 찾을 때까지

오늘이 내 인생의 봄날이다

망설이는데 자꾸 망설이는데
딸의 보석 같은 한마디
'아빠, 끊다가 못 끊으면 말지요 뭐'

그래 그렇다 못 끊으면 말지 뭐
부끄럽고 절망스럽고
자존심도 상하겠지만
용기가 생겼다 희망이 보였다
꿈을 꾸었다 그게 무슨 꿈이냐고요
꼭 하고 싶고 꼭 해야만 하는 일이었다

삶의 배낭에 부서진 육체 망가진 영혼을
담으니 30kg이었다 어깨에 메고
야영을 하며 백두대간을 누비며 3년을 걸었다

평생을 따라붙던 술과 담배 외로움을 무찔렀다
이젠 우습다

눈도 깜짝하지 않는다

오늘이 내 인생의 봄날이다

제3부

집 한 채를 샀다

고향에 돌아와 오래 비어 있던 집 한 채를 샀다
지붕이 헐고 벽이 허물어 주저앉기 직전이다
지붕의 이엉을 걷어 내고
스레트를 얹고 벽을 허물어 내니
소나무 기둥이 앙상하다
시냇가에서 돌멩이를 주워 오고
뒷산에서 찰흙을 파다가
돌멩이와 찰흙으로 한 단 한 단 쌓아 벽을 만들기 시작
했다
돌멩이 하나가 추억이 되고
찰흙 한 줌 한 줌이 어릴 적 기쁨과 분노가 되고
사랑과 슬픔이 층을 이루며 벽이 생긴다
가난의 옷을 입어 초라해 보여도 방이 두 칸이고 부엌
이 하나
자그마한 마루가 생겨
아담한 집 한 채가 만들어졌다
안방에는 오래 전에 돌아가신 아버지와 어머니가

앉아

책을 읽고 바느질을 하시고

부엌 방에선 아내와 둘이서

밥상을 차린다

마당엔 감나무 석류나무 대추나무가 빈집에 들어와

반갑고 고맙다며 손을 흔들며 춤을 춘다

도시에 나가 살고 있는 자식들이

다음 휴일 날 휴지와 성냥과 초를

사 가지고 오겠다고 연락이 왔다

밤이 되면 아침나절에 내린 빗물이 가득 고인 돌절구

통에

달과 수많은 별들이 내려와 숨바꼭질을 하고 논다

나는 마당 평상에 앉아 강냉이를 먹으며 달의 책장을

넘기며

사색을 공부해 몇 줄의 시를 썼다

달 그림자 내려와 희뿌옇게 노니는 산기슭이 다 내 정

원이 되고

글 공부방이 되고 뭇 짐승과 꽃과 나무 자연이 친구가
된다
어쩌면 내일이나 모레쯤 산골 물에 알몸으로 물장구
치던
깨복쟁이 친구들이 놀러 올지도 모르겠다
나는 갑자기 행복해졌다

산촌에 살았다

지리산 밑 깊은 산자락

순진한 자연으로 겸손하게 웅크려 앉은 초가집에서

육이오 터지던 해 나는 호랑이로 태어났다

아버지가 서럽게 살다 두고 간

다랑논 몇 마지기 물려받고

내 손으로 아버지를 산자락 양지편에 묻었고

나 또한 그렇게 묻힐 것이다

그 땅에서 아내와 가꾸어 거둔 곡식으로

어머니와 자식들이랑 먹고 살았다

배부르게 먹지는 못해도 배 굶지는 않는 살림살이

천직으로 숙명처럼 살았다

동편 산에 해 오르면 소 몰고 들로 나가 서산 넘어

해 져야 돌아오는 고단하고 서러운 삶

살다가 힘들면 산그늘을 바라보며

괜찮아, 힘들지 않아

나는 산촌이 좋아 중얼거리는 노랫말을 산등성이 넘어

오던

솔바람이 따라 불러 합창했다
낮이면 산새들 모여 앉아 노래 불러 위안해 주고
밤마다 멧돼지 산 노루 찾아와 문안 인사 하고 가는
내 집 앞마당 앞에 펼쳐진 동산이 다
내 정원이 된다
어쩌다 오일 장날이면
보리쌀 한 말 등짝에 옭아매고
돈 사서 검정 고무신 몇 켤레 사고
호미, 괭이, 낫을 사서
망태기에 담아 메고
막걸리 한 뚝배기 걸치고 돌아오며
어머니가 기다리는 산골로 가자. 처자식이 기다리는
산골로 가자 흥얼거리며 삐딱 걸음 걸어오면
어둠이 어깨동무해 주어 가파른 산비탈 길 편하게 오
르게 해 준다
겨울에도 따뜻한 흙벽 방 아랫목에 방긋이 웃으며
꿈나라

소풍하는 두 자식들 이마에 손을 짚어 본다
몇십 년 전 잠든 채 누워 있는 내 이마에 아버지가
손을 짚고
빙긋이 웃었듯이
오늘은 아버지가 보고 싶다
산촌은 언제나 내 편
내 인생도 산골짝 실개천으로 흘러내렸다

강촌에 살았다

나는 공부에 재능이 없었다
중학교 동창생들이 청운의 꿈을 품고 출세와 돈을 찾
아서
도시의 학교로 지원서를 써 들고 달려갈 때
나는 부끄러운 성적을 감추려 강촌에 살고 싶다
강촌에 살고 싶어 하며 농업학교에 숨었다

친구들이 명문대학을 졸업해 좋은 직장에서
편하게 돈을 벌고 명성을 얻을 때
논밭에 나가 구슬땀을 흘리며
곡식을 심고 짐승을 기르며 살았다

벗들이 명문가의 여성을 만나 결혼해서 삐까번쩍
멋 부리고 까불며 촐랑거릴 때
나는 이웃 마을의 가난한 집 처녀를 아내로 맞이해 살
았다

사람들이 아파트를 사고 자동차를 사서
도로를 달리며 콧노래를 부를 떠
산비탈 묵정밭을 사서 뽕나무를 심고
경운기를 사서 논밭을 일구고
석양을 바라보며 경운기를 몰고 논둑 길 다녔다

한평생 강촌에 살았다
삶은 힘들어도 보람은 있었다
농토에서 축사에서
무에서 유를 창조하는 위대함이 있었고
마당 평상에 앉아 달의 책장을 넘기며
사색을 공부해 몇 줄의 시를 썼다
그렇게 세월이 흐르며 인생에서 얻은 건 농부의 가난
이지만
소중한 자유와 평화를 누리며 살았다

산그늘을 바라본다

타작마당에서 도리깨로 보리 두드리던 아버지
이마의 땀방울 닦으며
나보고 조금 쉬었다 하자 하며
뒤돌아 앉아
산그늘을 바라본다

가도 가도 끝없고
해도 해도 배고픈 농사일
숙명처럼 멀리 흘러왔다

해 지고 어두우면
애타게 부르던 나의 노래
언제나 나는
농촌은 힘들어 도시로 가자
도시로 가자 했는데

몇십 년이 더 지난 어느 날

아버지가 물려준 서러운 삶
닿을 수 없는 먼 세상
내 안에서 구름처럼 살았다

살면서 힘들면
아버지처럼 이마에 손을 짚고
산그늘을 바라보았다

아버지 제삿날

엄청 높은 지리산 끝자락에 작은 막내산인 화장산은
밀양 박씨 선산이다
안평 마을 동구밖을 지키는 정자나무는 수령이 500년
도 더 된다
그렇게 큰 정자나무가 모두 세 그루다 둘은 마을 입구
에 하나는 마을 끝
산비탈에 500년이 넘도록 마을을 보듬어 안고 편안히
지켜 주는 수호신이다
함양군 유림면 안평 마을은 빛나는 역사를 간직한
마을이다
나는 1950년 4월 5일 음력에 위대한 호랑이로 안평
마을에서 태어났다
행인지 불행인지도 모를 종손의 감투를 쓰고서
화장산 기슭은 수백 년 전에도 처녀 총각이 고사리
뜯고 송이버섯 캐고
소 먹이며 술래잡기놀이 하던 정다운 산 포근한 산
방죽에 목욕하고 가재 잡던 실개천이 있다

아무리 가물어도 물 걱정 한 번 하지 않던 다랑논들
옆 양지바른 곳에
17층짜리 아름답게 반짝이는 아파트 한 동 지었다
연세 많은 분들이 많아 엘리베이터는 특별 제작품을
설치했고
이름은 밀양 박씨 납골당 아파트다
선조님들의 자그마한 초가집들은 모두 허물고 새 아
파트에 입주하셨다
모두들 엄청 행복해하셨다
아버지 존함은 박종운 1929년 1월 28일 출생 2011년
4월 8일
향년 82세에 옛집을 떠나 아파트에 입주한 날이다
기념으로 할아버지 박동규 1955년 8월 8일 별세 할
머니 김성여 6월 20일 별세
큰아버지 박종문 7월 26일 일본 화태에 징병으로 가서
돌아가셨다
어머니 문분달 1928년 출생 2022년 11월 18일 양력

94세로 별세

함께 초대했다

조기 5마리를 굽고 떡을 하고 전을 부치고 계란을 삶고 사과를 깎아

제사상을 차렸다

창밖에는 라일락도 가지마다 환한 밥상을 차렸다

할아버지 할머니는 힘이 없어 택시를 타고 큰아버지는 위엄 있게

가마를 타고 오시고

아버지는 어머니를 뒤에 태우고 경운기를 몰고 오실 것이다

언제나 그랬으니

내 삶의 부끄러운 냄새를 숨기기 위해 향불을 피우고 전등불을 모두

밝히고 아파트 문을 활짝 열어 준비는 끝났다

그분들은 지금쯤 도랑물을 건너고 계실 텐데 종가집으로 왁자지껄

          내 여자의 집

하던 피붙이들은 모두 어디로 갔나
환대하고 절을 올릴 제객은 나와 딸 달랑 둘뿐
무어라고 변명해야 할까

아버지가 보고 싶다 1

장미가 흐드러지게 핀 오월

아파트 담벼락 길 거닐면

향기로운 수많은 꽃들 중에서

딱 한 송이만 꺾어

가슴에 꽂아 드릴 아버지가 보고 싶다

해 저물녘

자전거 뒷자리에 어머니 태우고

장미꽃 길 달리던 낭만의 시간들

술 취해 온 날 저녁엔

우리들 일렬로 세워 놓고

노래 시켜 들어 보고 빙긋이 웃으며

매번 막내딸이 제일 잘 부른다 칭찬하고

지갑 열고 만 원 한 장 꺼내 주던

구부러진 손 주름진 얼굴

농토를 사랑했던 아버지는
늘 곡식을 심고 짐승을 거두며
산골짝 실개천 물까지 사랑했는데
나는 아버지의 농토를 생각해 본다
내가 농토였다는 걸
어머니의 농토는 아버지였다는 걸

나는 보리 한 두둑 심을 밭 한 뙈기 없이
이렇게 살아도 되는 건지
아버지가 보고 싶다

아버지가 보고 싶다 2

아버지와 난
스물한 살 차이다

고등학교 일학년
한참 바쁜 가을 농사철
짬을 내어 둘이서 경운기를 몰고
함양 오일장에 갔다

아버지 친구분이 나를 보고
동생이냐고 물었다

난 바쁘다는 핑계로
구레나룻을 깎지 못했었다

내 얼굴을 보고 빙긋이 웃던
아버지가 보고 싶다

당산나무에게 가 한마디 물어보자

오늘같이 비 내리고 마음이 울적하고 심란한 날에는
지리산 밑 고향 함양군 유림면 안평마을 당산나무에게
가 보자
동구 밖에 성인 남자 5명이 양팔 벌려 품어 안아도
모자라는
큰 덩치로 우뚝 서서 500년이 더 넘도록 나이테 켜켜이
쌓으며
민초들 애환을 보듬어 안고 그 넉넉한 품속에 수많은
전설이
무르익고 까까머리 개구쟁이에서 백발 성성한 노인장
으로 세월을
닮아 가지 않았느냐 그러기를 열 번도 넘었겠지
내 어머니 자궁에서 태어나 태를 둗은 아련한 고향
무명 보자기에 검정 고무신 한 켤레 옷가지 한 벌 쌀
두어 되박
등짝에 옭아매고 첫새벽에 도망쳤지 무정하고 등신
같은 당산나무는

소년은 붙잡지 않고 큰 눈망울만 멀둥거렸다

추석 지나 대보름날 저녁이면 동네 사람들 불러 앉혀
놓고 어르고 달래며
먼 전설을 이야기해 주었어 네 편도 내 편도 아닌 엉거
주춤한
당산나무에게 희망 찾으려 떠나는 사람 멍든 가슴 안고
고향 찾는 사람
모두가 합창하며 고개 숙이지 않았느냐 얼간이같이
오는 사람
가는 사람 차별하지 않았지 고달픈 객지살이 실패하고
고향 찾아
부끄러운 삶으로 숨어 사는 사람도 따뜻하게 보듬어
안았지

오늘같이 비가 내리고 삶이 고달픈 날에는 고향 마을
당산나무에게

가서 한마디 물어나 보자
우비도 없이 오는 비 고스란히 맞으며 아직도 기다리고
있을지도 몰라

아버지 점심밥

오뉴월 햇살 아래
등에다 버드나무 가지 꽂아
모기 파리 쫓으며 나락 논에 지심 매는 아버지

엉덩이가 제일 높고 등이 두 번째고
붉은 얼굴이 제일 밑이다
피들이 이마로 모여든다

아침에 먹은 보리밥 한 그릇 어디로 갔나
홀쪽해진 배는 등허리 받쳐 주지 못해 안달이다

나는 안다
점심때가 훨씬 지났다는 걸
보리밥 한 덩이 막걸리 반 주전자 들고
좁은 논둑 길 맨발로 달려갔다

아버지 점심밥!

나의 아버지 허리 펴고 웃지만
검게 타고 가난의 가면을 쓴 얼굴
타인처럼 낯설다

일곱 식구의 입
등에 진 아버지 얼굴

아버지의 등짝

탕. 탕. 탕. 힘겨운 고함을 치고
눈에 시퍼렇게 지친 불을 켠 경운기를
아버지가 논에서 집으로 몰고 오셨다
해는 서산 넘어간 지 오래다

점심때 내가 가지고 간
보리밥 한 덩이 막걸리 반 주전자
어디로 가 버리고 홀쭉해진 배는
황태 같은 등허리 받쳐 주지 못했다

아침 동산에 해 오르기 전
경운기 라이트 켜고 탕탕거리며
이웃집 늙어 피곤해 잠들어 있는 몸 깨우고
늦잠 자는 게으름뱅이 강아지 꾸짖으며
아버지 들로 나가신다

서산 넘어 해 지면

대청마루에 피곤한 몸 누이고
거북이 등처럼 딱딱한 등짝의
땀에 찌든 가난을
가을바람에 말리며 잠들어 계신다

어머니 1

당신은 한 마리 까치로 태어나
가족을 위해 가난과 슬픔을
몰아내려 울었습니다
웃음과 행복한 소식을 전하려
눈물 흘려 울었습니다

늙음은 누구에게나 오고
아픔도 누구에게나 오지만
당신의 혹독한 아픔은 식물인간
신들도 두려워하고
귀신도 무서워했습니다

자유를 빼앗겨 버리고
음지의 땅에서 서글픈 생을 마치고
허망하게 날아가 버린
까치 한 마리

어머니
부디
햇빛이 내리고 온기가 충만한
하늘나라에서 행복하셔요

어머니 2

얼마나 질긴 정이었기에 끊기가 그렇게 어려워
신의 손 빌려 연명 줄 코에 꽂고
긴 날을 모질게 몸부림 치다 가셨을까

천지가 온통 슬픔뿐인 요양병원에 면회 가는 날
박물관 유리관 속에 유물이 되어
자식들 오는 줄 가는 줄 모르고 우두커니가 되어
숨만 쉬는 통나무로 살고 있다

요양병원 관계자는 성자가 되고 나는 죄인이 된다
내 어머니를 통나무도 아닌 돈다발로 보고
얼굴에 돈다발 가면을 쓰고 생명 연장에만 혼신을
쏟는
그들이 내 눈에는 돈다발 가면으로 보인다
오래 살게 해 준다는데 싫어하는 천하에 불효막심한
놈인가

모진 삶 두고 간
식물인간을 신도 두려워하고 귀신도 무서워했다
그 먼 길 홀로 작은 새가 되어 날아가면서
무슨 생각을 했을까

집에 가고 싶다

내 여자의 집

외길만 묵묵히 고집하던 수십 년 인생길
벚꽃이 길 밝혀 주는 새벽
가족 생계 책임지던 식당 버리고
몸이 집을 나왔다

쌀 한 됫박 밑반찬 두 가지
부서진 사고력 망가진 몸뚱이
배낭에 담아 둘러메니 30kg
흰 머리칼 날리며
고난의 여정 시작되었다

하루도 못 잊어 본
소주 5병 담배 2갑 지독한 고독
동아줄로 꽁꽁 묶어 창고에 가둬 두고
칠순 늙은 몸으로
삼독과 줄다리기 시작했다

다음 달 초닷새가 집을 나온 지
벚꽃이 피었다 지기를 세 번째
아직도 술 담배 유혹 못 벗어나
집에 돌아가지 못하고

오늘도 풍찬노숙
어느 산 깊은 골짝 길
홀로 걸어가야 하나
집에 가고 싶다

잃어버린 고향 백천리 월명

삶 따라 떠나온 지 50년이 넘은 내 고향
나락들 나처럼 부끄러운 일 없어 겸손의 고개 숙이고
종달새 청보리밭이 피워 올린 아지랑이 타고 높이 떠
오른다

모진 타향살이 피나는 노력에도 별로 좋아진 것 없이
이마에 가로 흐르는 실개천 세 줄기
머리카락 희끗희끗해진 굽은 등만 슬프다

냇물이 너무 맑아 백천이 되어 흐르고
달 밝은 밤 마당 감나무에 부엉이 앉아 우는
함양에 있는 아담한 백천리 월명 마을

초가지붕 웅크리고 앉아 가느다란 저녁 연기 피워 올
리고
강아지 병아리 참새들 놀이터 된 고향 집 마당
지금은 불도저가 모두 밀어 경지 정리된 논으로 변했다

마음속 고향집은 그윽하고 아련한 옛적 그대로인데
옛집은 바둑판 같은 논바닥으로 변해 낯설어
나는 고향을 잃어버리고 시 쓰며 타지로 방랑한다

막걸리 한 사발에 시 한 수로 보답하고
문전걸식 푸대접도 상관없이 백두대간 떠돌다
해 지는 산마루에 노숙하는 춥고 외로운 박시인 되었다

백천리 월명

지리산 자락에서 산골 물이 흘러내리고
덕유산 골짝에서 실개천이 모여 흐르는
두 줄기 물이 반갑게 만나
진주 남강으로 흐르는 큰 냇물이 되어
들판 하나를 보듬고 돌아간다

나지막한 동산 밑에 초가집 삼십여 채가 앉아 있고
조그만 기와집 한 채 양반다리하고 앉아 있다

순이는 그 집 정지에서 일하는 부엌데기고
소 꼴 베어 오는 석이는 꼴머슴인데
석이는 시골이 싫다며 도시로 돈 벌러 가 돌아오지 않고
순이는 달 밝은 밤이면 동산에 올라 석이를 기다렸다

많은 날이 지나 순이는 하늘로 가고
앉은 자리에 자그만 바위 돌 하나 생겼다
사람들은

맑은 냇물이 흐르고 달 밝은 밤이 웬수여 하며
함양에 있는 아담한 마을을
백천리 월명이라 부른다

영이와 나는 월명에서 태어났는데
내가 좋아하는 영이는 부산 고무신 공장에
돈 벌러 가 오지 않았다
나는 순이처럼 기다리지 않고
완행버스 타고 찾아 나선 적이 있다

제4부

내 고향 시월

시월이 오면
초록 옷 입은 나무들
알록달록 한복으로 갈아입고
마을 찾아 내려오는
지리산 자락 함양 산청

구불구불한 논두렁 따라
제멋대로 생긴 다랑논
노랗게 익은 나락이 깊이 고개 숙여
농부에게 감사 인사 올린다

흰 쌀밥 배 터지게 먹은 참새들
출랑거리며 춤추고
산마루 돌아온 갈바람
나락의 허리 살랑 흔들어 본다

논두렁에 집 짓고 사는 검정콩

콩깍지 어머니 되어
객지 나간 자식 그리워 눈물 흘리다
지친 콩깍지 폭발해 자식들 또
객지 생활 떠나보낸다

누런 솔잎들 떨어져 나무꾼 아이
타박타박 걸어오길 기다리고
따스한 햇빛이 여기저기 찾아다니며
사랑 한 줌씩 나누어 주는
지리산 자락 함양 산청
내 고향 시월

힘내자 산청

울지 말자
힘드니까 사람이다
살다 보면 희. 로. 애. 락. 의 연속이다
이것을 견디는 것이 인생이다
화마와 수마가 못살게 괴롭혀도 주저 앉지 않고
우리는 웃으며 일어설 저력이 있는 국민이다

일제의 강탈과 6.25의 폐허 속에서 참 배고팠다
폭염과 폭탄과 지하의 갱도를 두려워하지 않고
빈주먹에 희망 하나만 쥐고 굶주린 몸으로
부강을 꿈꾸며 세계로 나갔다

흰 저고리 치마에 불끈 동여맨 가는 허리의
천사들도
간호사로 도우미로 입술 앙다물고 동참했다
대견하다

세계 최고의 빈민국에서

건국을 하고 산업화를 해서 민주화의 반석 위에다

농토를 일구고 가축을 기르고

산업 전선에서 제품을 생산했다

수많은 역경도 참으며 열심히 살았다

세계 10대 경제 강국으로

잉태해 낳아서 길러서

오늘의 대한민국으로 만들었다

각자의 부서를 책임진 위대한 분들이

잘 선도해 주고 국민은 잘 따랐다

내 고향 동생 산청이 운다

초봄 날 지리산 자락 함양의 형제 산청의 산들이

태양도 가려 버린 어둠 속에서

몸부림 치고 비명을 지르고

붉은 화마가 광란의 춤을 추고

산천초목과 뭇 짐승들이

생의 끝자락으로 뛰어들었다

초여름 날 장마가 지나가는 끝자락에

수마가 더러운 아가리를 벌려

산청을 통째로 집어삼켰다

이런데도 댐 건설을 중단하고

있는 댐도 파기한단다

이렇게 작은 생각을 가진 사람들이

잘나고 똑똑하다며

시대를 다스리겠다고 발.사.심. 하며

혀를 나불랑거린다

기후가 지금 술이 잔뜩 취했고
지구에 살고 있는 전 인류가 환경을 오염시켜 술을
제조했다
술 취한 자에게는 어느 누구도 이길 수 없다
오로지 전 세계인이 고개 숙이고 자숙하며
환경 보존에
죄업을 쏟아야 한다

28송이의 가녀린 꽃송이가 물길에 쓸려 가고 붉은 흙
속에 묻혔다
역사책을 펼치면 옛 성인들의 고귀한 생명이 희생된
대가로
지금 우리가 편하게 살고 있다
많은 수재민과 엄청난 재산이 함몰됐다
우리 시인들이라도 작은 마음 한 줌
그들의 마음에 쥐여 주자
희망이 되어 다시 일어설 수 있게

우—우— 하늘이 울고 땅이 울고
백성이 울고 산청이 울고
고향이 울고 내가 운다

함양 산청 고향 집

한 사내가 고향집이 그립다며
지리산 아래 골짝으로 걸어간다
산 구비를 돌아 길 잃은 마음이 먼저 가 닿는다
낡아 주저앉으려는 초가집
다 헌 방 문짝이 반쯤 열려
쨍쨍한 가을볕을 쪼이고 서 있다
강아지 병아리 한 마리 보이지 않는 마당
감나무엔 홍시 하나 높직이 매달려 까치를 기다린다
반겨 주는 바람 한 자락 없는 고향 집
쓸쓸히 돌아오는 길
코스모스 자지러지게 피어 잘 가라 손 흔든다
아직 상처 다 아물지 못한
산청의 늙어 가는 고향 집
두 볼에 내려앉은 가을 햇살이
눈물로 반짝인다

고향 1

쇠가 맞부딪치는 강렬한 햇살의 폭염이
풀벌레 소리 잠자리 나비의 날개도
녹여 버리더니
소낙비가 며칠 세상을 덮어 버렸다

고향은 누구에게나 어머니다
언제나 말없이 조용하고
보름달 같이 눈부신 옷도 입지 않고
얼굴 웃음만 포근히 짓는 고향

미워서 버리고 떠난 사람에게도
저고리 옷고름 풀어 놓고
따뜻하고 달콤한 젖가슴으로
허기 달래 주는 고향

타향살이 고달픈 몸과 마음 품어 안고
단아한 몸가짐 은은한 웃음의 둥근 얼굴

청자 항아리 같은 어여쁜 마음을 열어 놓고
우리를 부른다

초봄 날 화마가 숙대밭으로 만들고
초여름 날 수마가 죽사발로 만들어 버린
내 고향 산청이 부서진 몸 아픈 마음으로
너와 나 우리를 기다린다

물레방아 돈다

옛날 물레방아가 물을 안고 돌았던

내 고향 함양 산청은 자연을 존경하고
인간을 사모했는데
푸른 산 맑은 물을 사람을 위해 바쳤는데

화마와 수마는 이웃도 아니고 사촌도 아닌 남남인데
어느 누구의 저주가 있어 짝꿍이 되어
내 고향 산청을 못살게 괴롭힐까

불타고 물에 잠긴 산청이 안쓰러워
함양인 형이 보듬고 돈다
우리 모두 위로하며 산청을 보듬고 돌자
아픈 허리 펴고 다시 일어설 수 있게

 내 여자의 집

함양 아리랑(민요)

빙글빙글 돌아가는 물레방아 소리에 풍년이 오네
함양 산청 물레방아 물을 안고 돌고
우리 집 서방님은 나를 안고 돈다
빙글빙글 돌아가는 물레방아 소리에 풍년이 오네
지리산 천왕봉은 백두대간 시작일세
오도재에 올라 보니 지리반야 좋기도 하네
빙글빙글 돌아가는 물레방아 소리에 풍년이 오네
위런 남게 맑은 물에 피리 망태 헤엄치니
우리 할매 나를 업고 상림 숲을 돌고 돈다
빙글빙글 돌아가는 물레방아 소리에 풍년이 오네

선조님은 물을 사랑했다

비님이 오신다
마당 빨랫줄에 널린 빨래를 걷어라

냇물을 막아 보를 만들어
봇도랑으로 물을 안내해 논바닥으로 모시고
잿물로 설거지한 뒷물은
돼지에게 먹이고 텃밭에 뿌렸다

선조님은 물을 존경하고
사랑하며
아꼈다

사랑받지 못해 삐진 물의 횡포를 보자
산청을 수마로 통째로 집어 삼켰고
강릉시민들을 목 말려 죽이려 하고 있다
전남 군산에는 시간당 152mm "폭포비"가 쏟아졌다

　　　　　　　　　　　내 여자의 집

역대 1위 기록은 갱신되고 한계점을 넘어서고 있었다
그래도 강릉은 지금도 목말라 죽어 간다
어느 누구의 저주로 물에 잠겨 죽이고 목 말려 죽이려
하는가?

지금도 늦지 않았다 깊이 고개 숙이고
최선을 다해 보를 만들어 물그릇을 넓히고
환경을 보존하고 물을 사랑하자
아직은 인간들의 자숙과 속죄가 부족하다
더 깊이 고개 숙이자

물은 인간을 사랑했고 또 사랑할 것이다

산청의 몸부림

어쩌다 이런 일이
어디서 시작된 작은 불씨가
혀를 내두르며 광란한다

저 푸른 동산을 만들기까지
얼마나 많은 노력과 정성의 녹색운동이 있었는가

하루아침에 삼켜 버린 붉은 악마 구렁이 혀의 욕구에
산천초목 산짐승들이 생의 끝자락으로 사그라진다

바람에 취한 소나무는
안타까운 몸부림으로 울부짖는데

저 강풍은 어떻게
불 속으로 들어가 화마를 들쑤시는가
아파트 앞
키 큰 소나무는 몸부림친다

  내 여자의 집

어찌 알고 저럴까

고향 가자

회색 빌딩이 솔숲으로 늘어선
아파트 단지
으스스한 솔바람 소리

입동이 다가오는 하늘엔
눈 실은 구름이 가고 오는지
바람 소리만 차갑다

움직이는 것들이라고는
바람 타고 곡예비행하는
까마귀 한두 마리

솔바람 타고
지리산 자락 함양 산청에서
아련하고 머나먼 고향 소식 들려온다

마음이 까마귀 등 타고 고향 가자 한다

아무리 궁색해도 까마귀 등 타고 가랴
몸이 구시렁거린다

마음이 몸을 호되게 꾸짖는다
"산청이 아프다잖아"
군수님이 기다리시고

어려운 여정이다

술이 못됐다
말을 하지만
술은 솔직하다
많이 먹으면 많이 취하고 적게 먹으면 적게 취한다

날씨가 미치광이다
말을 하지만
결국은 인간들의 발자취다
삐딱 걸음의 발자국은 삐딱삐딱 찍힌다

오늘의 일에 대해서 알고 싶으면
어제의 일을 돌아보아야 하고
내일의 일에 대해서 알고 싶으면
오늘의 일을 살펴보아야 한다

인간이 환경을 오염시킨 만큼

자연은 아픔으로 대응한다
전국민은 자연에게 사과하고
재난에 고통 받은 산청을 돌보아야 한다

어려운 여정이다
아픔에서 평안을 찾기까지는
우리는 엄청난 저력을 가진 국민이다
우리 모두의 마음 모아 산청으로 가자

산청은 담쟁이로 살자

뜨거운 햇볕이
회색 산자락을 녹이는
한여름 낮

높다란 수직의 절망이
앞을 가로막아도

절망도 사랑하며
산청 군수와 직원 군민들이
담쟁이로 한마음 되어
한 단 한 단 산자락을 잡고 오른다

회색 산을 초록의 산으로 색칠하고
푸른 심장을
수없이 달아 준다

죽었던 산이 살아나

심장이 뛰고
산청이 푸른 숨을 쉰다

들꽃 한 송이

햇빛과 온기가 부족하고
수분조차 부족한
음지에 처한 들꽃

삼무자의 여정에도
혼신을 다해
꽃 한 송이 피워 들고

태양을 향해
만물에 손 흔들어
자신의 고통을 호소했는데

예뻐해 주는 사람 없는
들꽃 한 송이
산청군은 지금 짝사랑 중이고
군수님 마음이 외롭고 아프다

고향 2

언제든 가리라던 내 고향
가슴이 쓰라린다
추석 날 아침 거실에 앉아
어설프게 식은 커피잔을 앞에 두고
멍든 고향을 생각한다
지리산 자락 산청 신안면 청현마을
소달구지 아니면 아무도 갈 수 없는
대낮에도 여우가 우는 깊은 산골 마을이다
초록 꿈을 잃어버려
시름에 잠겨 있는 잿빛 산자락
용하게 살아남은 초가삼간 내 고향 집
홍시가 맛있었던 감나무 밑
이승화 군수 일행이
희망을 주고 간 마당에
강아지 한 마리 얼쩡거리고 있을까

상처 난 산청이여

잿빛으로 절망이 쌓인 산을 보면
피가 끓는다
초록이 불타 희망이 소실된 산을 보면
노여움이 솟구친다

저 산 밑으로
저 절망 밑으로
아직도 흐르고 있을 초록의 희망이여
초록의 뜨거운 피여

어떻게 심고 가꾸어 만든 열망이었나
지금도 저 산맥 굽이굽이
흘러내리는 희망이여
붉은 태양은 떠올라도
초록빛 희망은 돌아오지 않는구나

한 자루 삽을 들고 또 한 손에

  내 여자의 집

작은 소나무 묘목 한 그루 들고
산을 오르는 내 가슴이 울부짖는다

아— 지금도 살아 내 가슴에 굽이치는
짙게 푸르던 지리산 자락이여
상처 난 산청이여
멍든 내 고향 아픈 내 마음이여

인덕만리

지리산 자락에
지천으로 핀 들꽃 향기는
천 리를 퍼져 나가고

아픈 허리 펴고 일어서는
산청 사람의 덕향은
만 리를 퍼져 나가
온 세상을 덮는다

수마의 고난을
꿋꿋이 이겨 내는 사람
수마의 고난을 함께하며
도와주는 사람

이승화 산청 군수는
이것이 "인덕만리"다 칭송한다

제5부

죽어서 가죽을 남기고 싶다

1950년 4월 5일 범의 해에 호랑이로 태어났다
내가 태어나자 부모님은 나를 보고
착하고 성스럽고 인자롭고 효성스러우며
슬기롭고 어질고 세차게 자라라 하셨다

백두산에서 산맥을 따라 지리산까지 내려오며
멋있는 옷을 입고 폼을 잡으며
민중을 지켜주는 위대한 사람이 되라고 하셨다

효와 열을 알고 은혜를 갚을 줄 아는
신의를 중요시하는 사람이 되어서
포악하며 배은망덕하고 불손한 행동을 하는 사람은
엄하게 꾸짖어라 하셨다

탐욕으로 점철된 일본인들은
백두대간을 호령하던 나의 형제들을

포획해 전멸시켰다
일본 족속은 영원한 나의 원수다

나는 중학교 시절 큰 사고를 당해
안개 자욱한 벌판을 쏘다니는 호랑이가 되어
주먹의 세계에 빠져 학장 시절을 마치면서
일본 족속에게 복수하지 못한 못난이가 되었다

부모님의 기대에 부응하지 못하는
이빨 빠진 호랑이지만
시와 동무 되어 아름다운 시의 가즉을 남겨
은혜에 보답하고 싶다

철부지 비

아침부터 곰살갑지 않는 비가 내린다
봄꽃들 이마 눈썹 뺨을 스치는
빗방울의 마음속에
면도날을 숨겨 둔
물큰한
속 내음이 무엇인가

주말마다 비가 온다
삼동내 갇혔다 궁금한 봄소식
나들이 훼방 놓는 짓궂은 비
소상공인 울려 놓는
얄미운 속마음 무엇인가

나는
추운 날 아침
우비도 없이 비를 맞아 본
그 날카로운 맛이 기억난다

사랑을 속삭이며 찾아오는
벌 나비 햇살을 시샘하는 빗방울
삶은 그 빗방울을 미워할 수만은 없다
비도 맞아야 싹이 튼다

철쭉도 나도

나뭇가지 흔드는 꽃샘바람에
덩달아 신이 난 진눈깨비 휘돌아 치는데
철쭉이 쪼그려 앉아 감기로 재채기 심하다
4월도 반이 가는데 매정스럽다

일요일 아침 6시 헬스장 가는 나도
사시나무 되지만 참고 간다

인생 고개 마루턱까지 살면서
배운 게 하나 있다

무엇이든 그냥 얻어지는 것이 없다는 걸
누구나 저 고난의 징검다리를 건너지 않고는
봄꽃 피는 언덕에 갈 수 없다는 걸

철쭉도 나도 배운다

사인펜

사인펜 너는 나와 글방 벗이다
내 눈이 안 좋아
너를 더욱 좋아한다

한 다스를 사면
무지개 색깔보다 더 많고

어떤 종이나 상관없이
굵직한 글자가 또렷하게
시가 되어 춤춘다

이 색깔이 지겨워지면
저 색을 데리고 다니며 논다

지하철 안에서도
시상이 떠오르면
황급히 너를 찾는다

우장산 아침 산책

우장산이 아침 해를 어깨에 지고
큰 키를 곧추세우고 당당히 서서
나를 내려다보며 꼬맹아 안녕 인사한다

반가워 손 흔들며 한 발 한 발 오르면
산은 조금씩 조금씩
몸 낮추며 고개 숙인다

내가 산 정상 공원에 올라서면
신하처럼 엎드려
경의를 표하며 나를 올려다본다

우장산은 많은 나무와 풀과 꽃을 품어 가꾸고
짐승과 새와 곤충을 보듬고 키우며
나에게도 순종하며 겸손하게 살아간다

내 첫사랑 같다

승냥이

나는 호랑이로 태어났지만

조그마한 슬픔에도 눈물을 펑펑 흘리고

약자의 편에 들어가 같이 맞아 주고

누가 십 리를 같이 가자 하면 오 리를 더 가 주었다

돈이 없어 빌려달라 하면 꿔서라도 빌려주고

배고프다 하면 자기 도시락도 내어 주었다

추워서 떨면 겉옷까지 벗어 주고

이웃집 도둑을 잡다가 개천에 빠지고

이롭고 좋은 것은 양보했다

그가 죽으면 가죽을 남긴다기에

입고 있던 옷도 벗어 주고

쓸쓸히 뒤안길을 노래하며

호랑이가 아닌 승냥이로 살고 있다

곡선이고 싶다

직선은 싫다
생의 지름길이라 수명이 짧고
직선의 길은 무의미하고 지루하다

산 모퉁이를 굽이 돌아 흐르는
산골짝 물이
수심이 깊고 아름다운 추억들이 많이 쌓여 있다

나무들은 겨울에서 되살아나
숨막히는 향기를 뿜으며
더 무성하기 위해 허공을 향해
오직 직선으로만 솟구쳐 오른다

길섶에는 연한 연둣빛 봄풀들이 돋아나고
눈길을 붙잡고 번민하며 팔딱거리다
날아가는 흰 나비 한 마리
직선을 거부하고

  내 여자의 집

팔랑거리며 날아간다

경부선

우뚝 솟아난 아파트 숲
작은 웅덩이에 살고 있는 한 방울 물
이웃이 없고 사랑이 없고
희망이 없는 나날들

서울역에서
반짝이는 모래 위
철석이는 파도의 속삭임에 끌려
부산행 완행열차 표를 샀다

경부선 철도 길은
굽이굽이 산을 돌고
올챙이 송사리 피라미 노니는
바위 옆 작은 연못을 지나
나무 그늘에서 잠시 땀 식히고
철거덕 철거덕 고향으로 간다

　　　　　　　　

경부선 철길 위로
그리움이 저만치 먼저 흐르고
모든 물이 바다로 흐르듯
한 방울 물도 열차에 실려
고향으로 간다

짐 자전거

내 여자의 집

허름한 헛간 한 귀퉁이
셀 수 없이 많은 해를 지켜 온 자리
어젯밤은 삭풍이 차가웠다

주인은 안채에서 고독하게 살고
나만큼 늙었다
그는 주인이지만
나는 그의 스승일 때도 있었다
다독이며 밥과 용기와 희망을 주었다

오늘같이 추운 날 찾아 주지 않을 땐
좀 섭섭하다
어— 주인이 왔다

"잘 잤나. 어젯밤은 추웠지
얼굴이 말이 아니군
그동안 고생이 많았네

짐 덩어리 싣고 다니느라
등허리가 휘었네
자네나 나나 이젠 퇴물이 다 됐네”

주인의 얼굴에도 노동의 흔적이 깊다

세상에서 가장 아름다운 것

태산보다 높고 크다
꿈이 현실보다 강력하고
희망이 모든 역경을 극복하며
아는 것이 힘이지만
실천했을 때에만 가능하다

성공은 누구나 원하지만
좀처럼 손에 잡히지 않고
삶의 지혜처럼 발견도 어렵다

꿈을 이루기보다는 꿈을 포기하고
갈팡질팡 서두르다가
달콤한 현실에 집착하고 만다

순간순간 만족하며 살다가
성공에게 뒤통수를 한 방 얻어맞아
멍해져 쩔쩔매기도 한다

성공하려면
꿈과 용기와 열정을 준비하고
결심하고 실천해야만 한다
세상에서 가장 아름다운 것이
성공이기 때문이다

나는 아직 청춘이고 싶다

칠십 살이 넘어 팔십이 다 되어 가도
가슴속에는
새로움에 끌리는 마음
미지에 대한 끝없는 탐구심
삶에서 환희를 얻고자 하는 열망이 있다

가슴속에는 남에게
잘 보이지 않는 그 무엇이 간직되어 있다
아름다움 희망 희열 용기 끈질긴 노력
영원의 세계에서 오는 힘
이 모든 것을 가지고 있는 한
청춘을 유지할 것이다

영감이 끊어져 정신이 차가운 눈 속에 파묻히고
비탄이란 얼음에 갇힌 사람은
비록 나이가 이십 대다 할지라도
가꾸고 다듬지 않으면

늙은이와 다름없다

성취를 하려면
꿈과 용기와 열정을 준비하고
결심하고 실천해야만 한다
세상에서 가장 아름다운 것이
성취이기 때문이다

독서를 하고 운동을 하고
단백질 섭취를 적절히 하고
시를 꾸준히 쓰면서
정신의 근육과 육체의 근육을 키우고
희망이란 파도를 타면
나는 팔순일지라도 청춘이 될 것이다

호박

황톳길이 양팔 벌려 초가집 돌아 나가고
적갈색 돌담이 길게 둘러서서
어깨 높이로 길을 감싸고 간다

돌담 위에 올라 앉은 초록 호박 한 덩이
아버지 동편 산에 해 오르기 전
소 몰고 들로 나가시는 뒷모습 매일 바라보다
해 종일 햇볕과 친구 되어 논다

중년이 된 호박 서산 넘어 해 져야
소 몰고 오는 아버지 반가워
더덩실 춤추며 노래 불러 준다
그런 많은 날이 지나고 호박은 황금색으로 늙었다

아버지 돌담 위 호박 따서 지게에 지고
함양 백천리 월명에 시집가 첫 아이 낳은

큰딸 보양식 끓이려 바쁘게 가고
지게 위 호박도 황금빛 웃음 짓는다

강서 시 낭송 아카데미

넓고 높은 에메랄드빛 하늘에
강서 시 낭송 아카데미 배가 노 저어 간다
시가 잔뜩 타고 있어 무겁다

이서윤 선생님이 키를 잡고
배움을 향해 방향을 잡는다

향기로운 가을꽃 향기가 진동하고
구경 나온 고추잠자리 메뚜기도
신이 나서 춤추며 따라온다

올여름은 엄청 무더웠다
계절의 순환 법칙은 물레방아 되어 돌고 돈다

여름의 역경을 견딘 시 낭송가들
풀 먹인 광목에 숯불다리미 지나간 자리보다 매끄러운
얼굴이

소녀 소년 같이 목소리도 낭낭하다

배움의 결실은 향긋하고 달콤하다

아무것도 없는 11월

우장산 산책길 따라 서 행인 기다리는
너와 나 우리들
희망 한 줌씩 쥐고 태어났다

너는 재주가 좋아 푸른 잎 한아름 안고
웃고 서 있고
나는 살아온 길 험해 붉은 단풍으로 떠나보내고
고독에 운다

차가운 바람 부는 11월
아무것도 없는 빈손이 쓸쓸하다

내일은 아침 이슬이 서리로 내릴 텐데
따스한 햇볕도 나를 버리고 가는구나

땡볕과 비바람 견디며 여름을 보냈는데
팔순이 내일 모레인 가슴에

한 알의 열매도 품지 못해 시리고 저리다

잘못 쓴 사과 편지

꼭 오 년 전이었다
무게가 상당한 배낭을 지고
술과 담배와 외로움의 괴롭힘을 감당하지 못해
부끄럽고 얼룩진 삶을 닦으려
40년을 넘게 걸어온 외길을 버렸다

비겁하고 비열한 늙은 위선자
헝클어진 실타래로 엉망진창인 인생이다

부서진 정신, 망가진 몸뚱이가 너무 아파
도저히 견디지 못하고
감옥 같은 집을 탈출했다

실낱처럼 연약한 희망을 찾아서
앞이 보이지 않는 안개 자욱한 길을 걷고 있다
많이 남지 않는 생의 뒤안길로
속죄하는 마음으로 걷는

육체 고행의 길이다

미루고 미루어 오다 아주 힘겹게 낸 용기로
쓴 사과 편지가 사달이 났다
"집을 쫓겨났다"고 쓰고 말았으니
집을 나섰다거나 하다못해 집을 도망쳤다
까지도 좋은데 내 딴에는
매콤하고 멋있게 표현한다는 게 그렇게 되었다

오죽했겠는가!
"내가 언제 쫓아냈노. 제 발로 기어 나갔제"
아무튼 집구석이 개벽이 났다

나라는 존재는 뒤로 넘어져도 코가 깨지는
무언가
어딘가 부족하고
덜 여문 모과 열매인가 보다

어리벙벙한 팔삭둥이가 틀림없다

얼렁뚱땅 넘어갈 수도 있었는데
이번 도박도 화투짝 하나 잘못 던지는 바람에
본전은 고사하고 짧은 밑전마저 날리고 말았다
완전히 적자 인생이다

제6부

행복한 사람들

행복은 삶의 질을 높여 주고 수명도 연장시켜 준다

이른 아침 알람이 잠을 깨우면
알람에게 짜증 내지 말고 순순히 일어나
헬스장에 가 기구들과 손잡아 보거나
산책로 길 걸으며 만나는 사물들과 인사말 나누며
자신의 존재감 확인하고
일상의 삶에 변화를 주는 사람

열정을 가지고 앞으로 가야 할 길을 정해 놓고
도전하며 최선의 노력을 투자하고
불가능하다는 생각은 버리고
나는 할 수 있다는 자신감을 가지는 사람
거실에 앉아 흘러가는 구름과
바람과 자연을 불러다
앉혀 놓고 이야기하고 농담도 하고 사색의 책장을
넘기며

백지에 자신의 감정을 옮겨 보는 시인 같은 사람

깨복쟁이 친구와 오랜만에 한 술좌석에서 공병의 수
를 줄이고
담배 재떨이에 꽁초의 숫자를 줄이려 노력하고
뼈를 깎고 살을 저미는 고통을 참으며
초능력을 발휘해
아예 술 담배를 끊어 버려
지상의 모든 행운을 얻는 위대한 사람

평상시 고개 숙이고 몸 낮추며 겸손하게 살다가도
불의를 보면 피하거나 숨지 않으며 고개 바짝
세우고
지적하고 충고해 주는 대쪽 같은 정의와 용기를 가진
사람

밥상머리에 앉아

눈길이 유혹당하고 입맛에 현혹되어
숟가락 젓가락이 그곳으로만 가 사랑해 주고
다른 반찬은 등한시하며 괄시하지 않는

축복의 4월

철쭉 살구 벚꽃 뭇 꽃들이 만개해
메이필드 예식장 가는 길
청사초롱 등 밝혀 길 인도해 준다

혹한의 겨울 딛고 성공의 살랑 바람에
꽃불 지피는 진짜 사나이 현명한 숙녀 신부의 부모
믿음직하고 자수성가한 무지갯빛 돋보인다

수많은 축하객들
손잡고 반가이 맞이해
따뜻한 미소 속에 포근히 안겨 준다

천장에 매달린 축복 희망 희열 행복 부푼 꿈들이
찬란히 빛나고
아름다운 꽃송이들이 스산한 근심 걱정 불안을
허공으로 날려 버린다
화면이 돌아간다

삶의 역경이 주마등같이 스치고
나비와 봄꽃 부부가 꽃 등불 켜 들고 장래를 약속한다

솟구쳐 오르는 봄날의 함성에
신혼부부의 웃음꽃이 봄꽃들보다
더 어여쁘고 우아하다

혼자의 힘은 약해도 둘의 힘
특히 부부의 힘은 강하다
태산인들 못 옮기겠는가
우리는 믿는다 뜨거운 함성과 박수를 보낸다

을사년 뱀의 해는 다산의 의미와 재물의 축복이 있다

뱀이 허물을 벗듯 잘못된 것 무례한 것 부끄러운 것들을
모두 벗어 버리고 새 옷으로 갈아입고

　　　　　　　　　　　내 여자의 집

신혼부부를 따라 우리 모두 첫 걸음을 내딛자

하늘도 감동하여 축복의 비를 내려 준다
축복의 4월에 만개한 꽃들의 축복을 받으며
첫걸음 내딛는 삶도 풍성하리라
2025년 4월 12일 토요일 오후1시

시가 살고 있는 고찰

민족의 땅
아름다운 토지에서 태어나
생명의 땅에서
거룩한 문학의 꽃 피워 놓고
천상으로 가 소설 쓰는 박경리 선생님

신이 살고 있는 금강산 한라산 지리산
왼쪽 오른쪽 계곡물이 흐르는 지리산 자락
쌍계곡에 자리 잡은 쌍계사
역사가 숨 쉬고 시가 살고 있는 고찰

전라도 진안서 경상도 하동 지나
남해로 가는 섬진강 기슭에
있을 건 있고 없을 건 없는 예스런 화개장터에서
국밥 한 그릇 말아 먹고

머릿속에 시상 한 줄 담아

상이 기다리는 집으로 가 시를 짓자

고통이란 무엇일까?

두려운 마음으로 문을 밀고 들어섰다
하얀 가운 입은 사람들 인사 공손하지만
어쩐지 AI 말소리로 느껴진다

의자는 눕혀지고 입을 벌리자
따끔합니다
따끔이란 말이 얼마나 깊은 아픔인지 그들은 알까
치아마다 깃든 세월이 뽑히는 순간
묵은 삶의 일부도 뽑혀 나갔다

병원 문 나서는데
입안은 허전하고 지갑은 텅 비고
정체 모를 상실감이 내 삶 속으로 깊숙이 파고든다

낯선 이와 동행해야 할 인생
불현듯 어머니 얼굴이 떠오른다

이 작은 통증에도 눈시울 뜨거운데
어머니는 얼마나 깊은 고통으로
나를 이 세상으로 밀어내 주셨을까
애달픈 사랑 보듬고 속울음 삼킨다

나는 옛날처럼 말하고 씹고 웃을 것이다
어머니가 산고 끝에 나를 밀어내고 미소지었 듯이
도대체 고통이란 무엇일까?

제일 가기 싫은 곳

겁먹은 표정으로 문을 열고 들어간다
검정 치마에 흰 가운 입은 AI가 다가오며
어서 오셔요 이빨 님 목소리는 따뜻하다

이쪽으로 앉으세요
아— 하셔요 따끔합니다
아래쪽 이빨 두 개 뽑았습니다
임플란트 하는 데 보름 걸립니다

내 머리가 빨리 돌아간다
따끔이 아니라 엄청 아프다
이 AI가 따끔이라는 뜻을 알고 쓰는 말일까
이는 무통이고
나는 사람이니 고통인데
사람으로 살살 좀 대접하면 안 되나

하긴 AI가 인간의 따뜻한 마음을 알 수 있을까

여긴 지옥이다
사람들이 왜 죽음을 두려워하는지 알겠다

카드로 400만 원 긁고 문을 나오는데
입안이 허전하고 지갑이 텅 비어 공허하다

물컵

두리뭉실하게 생겼다
어깨 허리 엉덩이 둘레의 구분이 없다
외모도 성격도 매끄럽지 못해 보인다

얼음물을 담아도 펄펄 끓는 물을 부어도
상관하지 않는다
하루에 한두 번 목욕만 시켜 주면 된다

언제나
아침 머리맡에선 맹물을
컴퓨터 옆에선 커피를
책상 위에선 어쩌다 녹차를 담아 두었다
미세한 표정에도 눈치 빠르게 입술에 착 달라붙는다

어느 누가 불러도 가지 않고
나이 먹은 남자인 나만 좋아한다

오랜 세월을 같이했으니
나이가 제법 많을 것이다

부부 사이 같다

바다는 글벗이다

서울역에서 부산행 완행열차표를 샀다
서울이 미워서가 아니라
답답해 바다가 그리워서다

방파제에 부딪치는 포말이 손 흔들어 반기고
해변의 모래성으로 파도가 기억들을 한아름 품고 와
가슴에 안겨 준다

왔다가 돌아가고 또 오는 자유로운 파도는
삶을 잔잔한 바다로 만들어 주고
자질구레한 일들은 데리고 먼바다로 간다

태양이 내려앉아 은갈치 비늘로 반짝이는 수면은
시어들로 넘실거리는 보물 창고다
넓은 품은 어머니고 철썩이는 파도의 가르침은 글벗
이다

 내 여자의 집

내 답답한 날이 오면
가슴을 활짝 열어 놓은 네 품속으로
또 찾아와야지

나는 햇볕이 좋다

살 드러내고 햇볕 쬐면
비타민 영양제 안 먹어 돈 절약되어 좋고
사회의 무대에서 공연 복장 간편해
가난의 부끄러움 감춰 주어 좋다
헬스장에 가 노력한 보람으로 생긴 근육 덩어리
그늘 속에 감추는
울화통 없어져 좋다
얼간이 같은 얼굴 까맣게 태워
가면 씌워 누군지 몰라보아 정말 좋다

나는 반짝이는 햇볕이 좋다
암송해 놓은 시편 깊숙이 숨어 풀죽어 있을 때
햇볕이 손짓해 나와 응얼거리며 문장이 되어
한 편의 시가 되어 반짝인다

햇볕이 반짝이고
물결이 반짝이고

조약돌이 반짝이고
나뭇잎이 반짝이고.
나도 덩달아 반짝인다

간직하고 싶은 기억의 흔적

다 여물지 못해 아픈
낙엽 한 장과 만남도
소중한 인연인데

웃고 서 있는 그림 속 미소는
날이 갈수록
선명해지는데

먼 기억 속으로
날이 갈수록
흐려져 가는 아름다운 미소는

어쩔 수 없는
숙명의 장난이라고
말만 해서 되겠는가

"은공에 보답하라"

   내 여자의 집

그림 그려 준 인연이

나를 졸라 대는데

아름다운 기억만 간직하고 싶다

일상의 힘

매미 소리 뜨겁게 울부짖던 8월은 가고
풀벌레 소리 청아한 9월
꽃 진 자리에 초록이 매달려 풍요롭다

어제와 다르지 않은 오늘 아침
시 낭송 아카데미에 간다
저물녘 삶의 보상이라도 받으려는 듯
배움이 발버둥 치는 교실
마주치는 늙수그레한 동창생들 미소가 정겹다

오늘도 내가 1등이다
전등을 밝히고 에어컨을 켜고 커피를 준비했다
나는 명예스러운 과대표다
선생님이 무작위로 선출했고 문우들이
박수를 쳐 확정지었다

여러모로 부족하지만 성과 열을 쏟았다

자리가 사람을 만든다는 말이 헛된 소리가 아니다
자신의 책임을 기꺼이 감당하고 주어진 의무를
묵묵히 수행하는 일상의 힘

지금 시대의 사람들도
이 작은 법칙의 순리를 배우고
가슴속 깊이 새기며 순응해야 한다

우리들은 분노하지 않고 법과 제도의 힘을 믿으며
시간의 법칙에 따라 조용히 기다린다

침묵을 오해하고
조급증으로 기다림의 법칙을 무시하면
엄청난 오류를 초래할 수 있다

무서운 화산은 눈뜨고 조용히 기다린다

평범한 사람들의 특별한 힘으로

생의 끝자락에서

해병대 수색대 훈련 중
수중에서 호흡을 놓쳐 버리고
생의 끝자락에서 누군가의 손에 이끌려 살아 나왔다
자세히 보니 용궁이다
너무나 아름다운 광경에 눈을 못 뜨고 있는데
용왕님이 엄하게 네 이놈 네 죄를 네가 알렷다 호통
치신다
내가 지은 죄가 한두 개인가
수십 개가 넘어 머리가 어지럽다
정신을 차리자 가만히 생각해 브니
남의 가슴에 못 박는 일
몰래 닭 잡아먹은 일
부모님 말 안 듣고 옆길로 샌 일
죄를 피해 해병대 속으로 숨어 버린 일
셀 수 없이 많다
부끄러워 고개 들지 못하고

용왕님께 부끄럽고 죄스러워 잘못했습니다
죄를 주시면 달게 받겠습니다고 빌었다
용왕님 한참을 생각하시더니
좋다 한 번만 용서해 주겠다
옆에 있던 인어공주가 나보다 더 좋아하며 생긋 웃는다
나는 죄를 잊어버리고 또 죄를 지을 양
마음이 인어공주에게로 달려간다
어림 반 푼어치도 없는 생각 무지개다리는 아름다운
다리지만
인간은 건널 수 없는 다리 어정거리고 섰는데
인어공주 나를 품에 안고 포항 도구해수욕장
해병대 상륙훈련장에 상륙시켜 주었다
인어공주의 옥구슬 구르는 목소리
"사나이 중의 사나이 잘 가라 힘내라"
나는 죽다가 살아온 그곳에서 내 삶의 길을 다시 찾아
왔다

   내 여자의 집

세월은 가고 나는 늙었다
그날의 험난했던 귀신 잡던 훈련이
아직도 내 몸 안에 남아 몸부림 친다

한번 해병은 영원한 해병이다

성명 박장순 해병특수수색대 병장
기수 218기 군번 9360900
늙은 해병아

그날의 귀신 잡던 훈련이
아직도 내 몸속에서 몸부림치는데

피 끓던 젊음
어디에 두고
무엇이 그렇게 바빠 서두르느냐

벌써 내 청춘 서산 넘어
저물어 가는데
무쇠난로에서 젖은 참나무 되어 불타오른다

소주병 뚜껑 어금니로 젖히며
외롭게 늙어 가는

무적의 해병아

적막한 늦가을 저녁
어디를 향해
피어리게 불타오르고 있느냐?

서러운 몸은 말이 없다

95킬로를 들려고
누워서 하늘을 밀어 올리듯 용을 쓴다
어제는 들렸는데 오늘은 꿈쩍도 않는다

한 번만 들려 달라고
용을 써도 헛수고다

역기가 빈정거리는
애매모호한 눈빛

나는 무엇을 얻고
무엇을 잃어 가고 있는가

누구에게나 오는 주름살 때문인가
내 서러운 몸은 말이 없다

내 생애 가장 잘못한 일

중학교 일학년 여름방학 때
햇불을 밝혀 냇가에서 물고기를 잡으려
큰 드럼통에서 호스로 석유를 뽑아 올리다
석유가 허파로 들어갔다
10달 넘게 죽을 고생을 하다 학교에 가니
영어 수학 기초가 없는 나는 절름발이가 되어 있고
학우들은 저 멀리서 달려가고 있었다
공부에 흥미를 잃어 만화방 술집으로 쏘다녔다
짙은 안개 낀 들판에 쏘다니는 한 마리 들개가 되어
학장 시절은 막을 내렸고 연극은 끝났다
잘못한 일 하나가 칠십 중반이 되도록
삶의 멱살을 잡아 흔들어 놓았다
내 역할은 너무나 비참한 인생의 바역이다
나는 얼룩투성이인 내 생을 보듬고
안쓰러워 작은 위로를 보낸다

내 여자의 집

ⓒ 박장순, 2026

초판 1쇄 발행 2026년 1월 26일

지은이   박장순
펴낸이   이기봉
편집   좋은땅 편집팀
펴낸곳   도서출판 좋은땅
주소   서울특별시 마포구 양화로12길 26 지월드빌딩 (서교동 395-7)
전화   02)374-8616~7
팩스   02)374-8614
이메일   gworldbook@naver.com
홈페이지   www.g-world.co.kr

ISBN   979-11-388-5381-1 (03810)